W9-DIY-847

A
Rookie
reader
español

TWINSBURG LIBRARY
TWINSBURG OHIO 44087

Un almuerzo con ponche

Escrito por Jo S. Kittinger

Ilustrado por Jack Medoff

Children's Press®
Una división de Scholastic Inc.
Nueva York Toronto Londres Auckland Sydney
Ciudad de México Nueva Delhi Hong Kong
Danbury, Connecticut

Para Joan Broerman, con mis
agradecimientos por su amistad y apoyo
—J.S.K.

Para Lynn y Zack
—J.M.

Especialistas de lectura

Linda Cornwell
Especialista en alfabetización

Katharine A. Kane
Especialista en educación
(Jubilada de la Oficina de Educación del Condado
de San Diego, California, y de la Universidad Estatal de San Diego)

Traductora
Isabel Mendoza

Información de Publicación de la Biblioteca del Congreso de los EE.UU.
Kittinger, Jo S.
   [Lunch with Punch. Spanish]
   Almuerzo con ponche / escrito por Jo S. Kittinger ; ilustrado por Jack Medoff.
      p. cm. — (Rookie español)
   Resumen: Un niño escoge cosas deliciosas para el almuerzo y las empaca.
Luego comparte su comida con un amigo que ha olvidado el almuerzo en casa.
   ISBN 0-516-25892-3 (lib. bdg.)   0-516-24619-4 (pbk.)
   [1. Compartir—Ficción. 2. Alimentos—Ficción. 3. Cuentos en rima.]
I. Medoff, Jack, il. II. Título. III. Series.
PZ73.K54 2003

                              2003000012

© 2003 Jo S. Kittinger
Ilustraciones © 2003 Jack Medoff
Todos los derechos reservados. Publicado simultáneamente en Canadá.
Impreso en los Estados Unidos de América.

CHILDREN'S PRESS y A ROOKIE READER® ESPAÑOL, y los logos asociados son
marcas comerciales y/o marcas comerciales registradas de Scholastic Library
Publishing. SCHOLASTIC y los logos asociados son marcas comerciales y/o
marcas comerciales registradas de Scholastic Inc.
1 2 3 4 5 6 7 8 9 10 R 12 11 10 09 08 07 06 05 04 03

Empaco mi almuerzo.

Crema de cacahuates
sobre el pan.

5

Añado un poco de mermelada espesa y colorada.

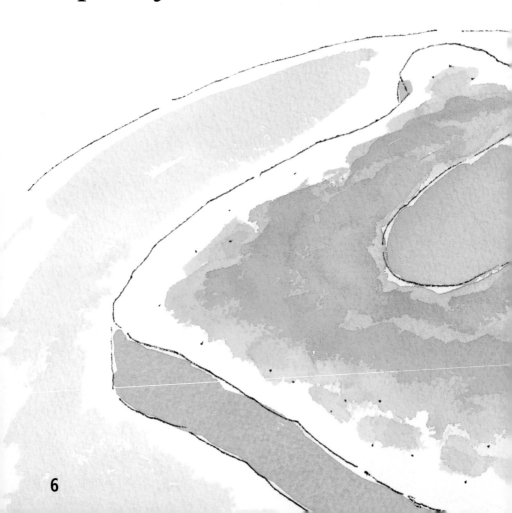

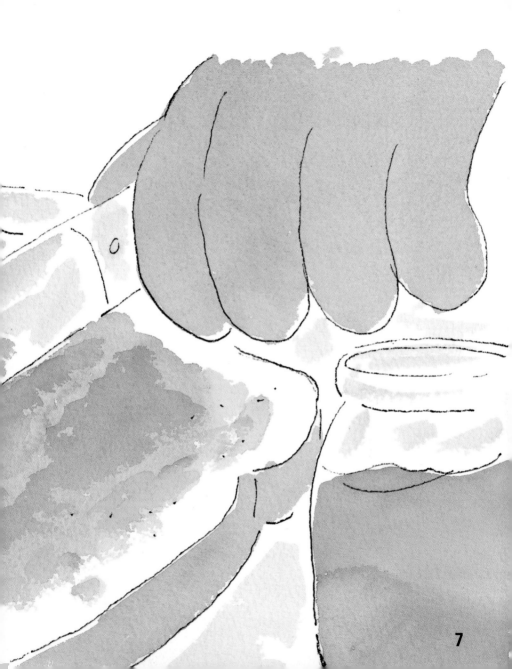

7

Dinero para la leche.

9

Las monedas a mi bolsillo.

Un racimo de uvas.

13

14

Un agrio pepinillo.

Un rico pudín.

Zanahorias crujientes.

Galletas para picar.

Las mastico con los dientes.

¿Jugo o ponche?

Ponche suena bien.

27

Zacarías olvidó su almuerzo.

¡El mío alcanza para ti también!

Lista de palabras (51 palabras)

a	dientes	mi	rico
agrio	dinero	mío	ruido
alcanza	el	monedas	sobre
almuerzo	empaco	o	su
añado	espesa	olvidó	suena
bien	galletas	pan	también
bolsillo	jugo	para	ti
cacahuates	la	pepinillo	un
colorada	las	picar	uvas
con	leche	poco	y
crema	los	ponche	Zacarías
crujientes	mastico	pudín	zanahorias
de	mermelada	racimo	

Sobre la autora

Jo S. Kittinger es nativa de la Florida y vivió en varios estados antes de establecerse en Alabama. El amor por los libros y la pasión por crear la han inspirado a escribir libros para niños tanto de ficción como de no ficción. En sus ratos de ocio, Jo disfruta la alfarería, la fotografía y la lectura. Jo se dio cuenta de lo importantes que son las condiciones en las que se desarrollan los lectores principiantes cuando se dedicó a enseñarles a leer a sus propios hijos.

Sobre el ilustrador

Las tiras cómicas de Jack Medoff han aparecido en revistas, periódicos, anuncios y comerciales. Jack también ha ilustrado libros para niños y un sitio de tiras cómicas en la red. Sus obras se exhiben en galerías de Westport, Connecticut, y Rockport, Massachusetts. Jack también ha trabajado como director de arte en agencias de publicidad de Nueva York y Los Ángeles. Vive en Weston, Connecticut, con su esposa, Lynn, su hijo, Zack, y su iguana, Zeke.